KB079338

좁고
가파른
충충대

좁고
가파른
층층대

백만섭
시집

좋은땅

저자 소개

백만섭

1934년 중국(만주) 출생
평안북도 태천중학교 졸업
경상남도 거창고등학교 졸업
중앙대학교 약학대학 졸업
중국 국립 천진중의학원 국제함수반 졸업
중국 하북의과대학 중의학원 졸업
충청남도 서산시 백약국 경영

시집 『마음속 섬 하나』 (2020년)
『바래지 않는 그림』 (2022년)을 내고
충남 서산시에 살면서 글을 쓰고 있다.

내 삶의 투명한 언어로
마지막 장을 채우려
좁고 가파른 층층대를
올라 보려 합니다.

2023년 8월

백 만 섭

차례

2부 | 설거지

3부 | 시간에 떠밀리며

4부 | 사람을 찾습니다

1부
좁고 가파른 층층대

아내의 미소

장기 입원 중인 아내
마음을 추스르지 못하고
점차 말수가 적어진다
멀거니 바라보는 눈에
눈물이 자주 고인다

아침잠에서 일어나
보행기를 밀고 화장실에 다녀와
나를 보며 엷은 미소를 보낸다

내 눈에 익숙한
고마운 아내의 미소다

좁고 가파른 층층대

좁고 가파른 층층대를 올라야
내가 사는 집이 있다

복도 겸 대청이 내 공부방이다
공부방이래야 책 몇 권
텔레비전 옆에 컴퓨터 한 대

돼지기름에 부친 녹두지짐 막걸리 한 대접 마시고
아내와 같이 시장에 나가
도토리묵과 달래를 산다

내 삶의 투명한 언어로
마지막 장을 채우려
할머니가 덤으로 주는
구수한 단어들을 받아 들고
오늘도 좁고 가파른 층층대를 오른다

물의 여정

물은 길을 내면서 흐른다

제 몸집을 불린 냇물은
강물을 이루고
절벽을 만나면 큰 바위 밑에
소沼를 만든다

굽이를 치면서
들판을 휘감아 흐르다가도
여울을 만나면 여울물이 된다

끝내 바다로 흘러드는 미궁이여

일 년이 그렇게

단풍 진 자리
눈 내리고

눈 녹은 자리
새순 돋아

다시
일 년, 둥글다

물난리

6월 장마에
치명적 상처를 입고서야
물 무서운 줄 알았다

장마전선이 남북을 오르내리면서
물바다를 이루고

합수가 있는 곳에서는
물싸움이 벌어졌다

흙탕물이 빠져나간 곳에서
겨우 옷 한 벌 걸친 씨앗이
한 생을 이어 간다

숲의 소리

나뭇잎 물드는
산을 오른다

곱게 접혀오는
그리움의 거리를 좁히고 있다

정상을 앞두고 숨을 고른다
뒤돌아보면
산은 내려가라고 한다

내려가야만 들리는 소리
있다고

삶의 비탈

척박한 산기슭
아카시아나무 한 그루

쓰러져 뿌리를 드러내고
흘러내리는 흙을 붙들고 있다

비가 오나 눈이 오나
너보다 질기게 살 수 있으랴

아픈 삶이 아름다운 것은
삶과 죽음을 붙들고 꽃을 피우는
네 의지 때문이다

너에게 들어선
내 마음이 환해진다

기억 속 친구

어두워야 헤어지던
어릴 적 친구

잊고 살았던 그가 불쑥 찾아와
마주 앉는다

외로웠나
아니 하고 싶은 말이 있나

무슨 이야기라도 할 줄 알았는데
꿈처럼 아무 말 없이
한 줌 바람 되어 가 버린다

꿀단지

마트에 진열된 꿀 병을 보면
어머니 생각이 난다

심부름 갔다 돌아오면
이마에 맺힌 땀을 씻어 주며
냉수에 타 주던
꿀물 한 그릇

뒤주 위에 놓인 청화백자 꿀단지
함초롬히 젖어 드는
어머니 사랑

산들바람

스쳐 지나간 인연을
아쉬워한다

갈 곳을 잃고 되돌아오기를
기다린다

해 지고 꽃 져도
그리움은 지지 않는다

멀지도 가깝지도 않은

유달리 돋보이는
꽃이 있다

가슴에 품고 살아가는
아직은 내 편에 서 있는 희망
거기쯤 있다

한 걸음 또 한 걸음
너에게 다가가고 있다

시동이 걸리지 않는다

차량 엔진이 꺼졌다

스타트 모터가 돌아가지 않는다

시동이 걸리지 않는 차량 앞에서
이리저리 궁리만 헤맨다

스타팅으로 엔진을 돌려
시동을 걸던
그때가 그리워진다

맛있다 하는 그 말

햇고구마가 나왔다
밥 지을 때
쌀 위에 얹어 쪄낸
노랗게 잘 익은 따끈한 고구마
말수가 적어지는 아내에게
한 수저 떠서 입에 넣어주면
맛있다 하는 그 말이
참 듣기 좋은 아침 밥상

길을 묻는다

새로 생긴 골목에 맛집이 생겼다면서
친구가 저녁을 같이 먹자고 한다

저녁을 먹고 헤어진 늦은 밤
전광판에 갇혀 길을 잃었다

어린애처럼 당황한 나는
낯선 얼굴을 붙들고
집으로 돌아가는 길을 묻는다

바람이 매섭다

인적이 끊긴 밤거리
취객이 고래고래 소리를 지르면서 지나간다

바람은 나뭇가지를 울리고
길바닥을 휩쓴다

겁에 질려 이불을 뒤집어쓰고
바깥소리에 귀를 막는다

바람이 매섭다
웅크리고 주저앉은 휴전선 155마일
철책은 아직 말이 없고

가족이 모여 앉은 따뜻한 아랫목이
그리운 밤이다

물웅덩이

장마로 불어난 냇물, 두려움이 넘치는 급류에 휩쓸려온
삶들이 은빛 비늘을 드러내고 펄떡이다 장마가 끝나면 일
부는 표류하고 일부는 물웅덩이에 생존을 위해 모여드는
그 속에 내 절박한 삶을 담는다

순간의 기억

내 또래 여자아이
교실 뒤 터에서 단둘이 우연히 마주친
짧은 순간

가을하늘이 담겨있는 눈으로 나를 바라보던
나이도 이름도 모르는 너
바람에 날려간
내 유년 시절에 묻혀 있다가
내 나이를 비집고 들어와
기억이라는 이름으로 마주 앉는다

사랑을 고백하듯
짧은 순간의 기억에 다가가는 내 마음을
얇고 작은 시집에 끼워 넣는다

12월의 달력

11월을 넘긴다

달력 빈칸에
내가 해야 할 계획을
빼곡히 적어 넣는다

빠르게 변하는 세상
쉬지 않고 가보려 한다

식구들은 건강을 위해 말리지만
마지막 가는 길
같이 걸어갈 길동무
또 한 권의 시집을 내려 한다

초겨울 어느 날

어느 날

늙은 귀뚜라미 한 마리
유난히 긴 뒷다리를 구부리고
천천히 아주 천천히
집을 나와
세상으로 걸음을 옮기고 있다

뒤에서 오는 이에게
귀뚜라미가 있으니 밟지 말라고
부탁한다

여느 날처럼 길에서

아내는 오른손에 지팡이를 짚고
왼손은 내 오른손을 잡고 나는
오른손으로 아내의 왼손을 잡고
시큰거리는 오른쪽 무릎을 달래며
길을 걷고 있다

가슴을 펴고 구부리지 말고 앞을 보면서
걸으라고 해도 아내는
발밑만 보면서 걷는다
이번에 넘어지면
다시는 일어서지 못한다면서
내 오른손을 잡은 왼손에
힘을 준다

겨울은 싫은데 겨울이 오네요

내 겨울은 언제나 낯선 얼굴이에요

포근하게 겨울을 나본 적이 없어요
몸과 마음이 먼저 추워져요

마음먹은 대로 안 되네요

눈사람 만들고
멍멍이와 뛰어놀던 겨울이 좋았다고 하지만

아버지가 겨울에 돌아가셔서
난 겨울이 싫어요

구석으로 구석진 데로 자꾸 피하게 되네요

미리 약속해둔 건 아니지만
겨울이 오네요

생각해 봐야겠어요

문화원에서 개설한
시 창작 강의실에 앉아 있어요

일간신문 신춘문예 응모작이라 생각하고
시 한 편씩 쓰고 있어요

신춘문예에 응모했다가
10년째 낙방했다는 이야기를 들은 적 있어요

아무리 습작이라 해도
난 아무래도 무리인 것 같아요

학교에 다닐 때는
한 번도 숙제를 안 해 간 적이 없는데

집에 가서 생각해 봐야겠어요
아무래도 이번 숙제는 못 할 것 같아요

아내의 농사

양지바른 곳에 화분을 늘어놓고
농사를 짓기 시작했어요

가을에 고추를 따면
아들딸 우리 내외 김장 고추도 충분해요

고춧대를 뽑아내고
대파 쪽파 마늘을 심으면
심는 재미도 있지만 보는 재미도 쏠쏠해요

청상추 자색 상추도 사다 심으면
죽지 않고 겨울도 나요

아내가 투정 부리지 않고
화분 농사에 재미 붙인 모습을 보면서 살아요

출근 직전

부엌에서
- 증기 배출이 시작됩니다
쿠쿠가 말한다

- 맛있는 백미 밥을 완성하였습니다
- 백미 밥을 잘 저어주세요
말하기 3분 전이다

하루가 바빠지기 시작한다

먹다 남은 밥을 솥에 넣고 바삐 돌아서니
- 뚜껑 결합 손잡이를 잠김으로 돌려주세요. 한다
- 보온을 시작합니다
뒤에서 어머니 목소리가 겹쳐 들린다
스마트폰이 출근을 재촉한다

2부
설거지

아내의 눈빛

고단한 하루가 저무는 저녁
잠자리에 들려는 고요를 틈타
사랑하는 사람을 위해
노래를 불러준다

눈이 마주친다
약속이나 하듯 따라 부른다

여운 속에 빛나는
아내의 눈빛

설거지

대웅전에 들어서듯
부엌에 들어선다

개수통에 물을 붓고
먹다 남은 찌꺼기를 버리고
깨끗하게 그릇을 씻는다

맑은 물에 헹구어 내면서
마음도 따라 비운다

가지런히 놓인
말갛게 마른 정갈한 사기그릇

정든 이웃

대청마루에 찾아들던
따뜻한 햇볕 불러다
옆에 앉아 책을 읽으리라

앞산에 피어나던
진달래 철쭉 참나리 범부채 불러다
봄이 오면 꽃 피게 하리라

여름 장마가 지면
개울로 거슬러 올라온 피라미를
친구를 불러 반두로 건져 올리리라

잘 여문 강냉이를 싣고 온 암소에게
꼴을 베어다 주고
송아지에게 젖을 물리게 하리라

해 치솟는 하늘에 기대어

뿌리를 내리고

정든 이웃을 불러다 살아보리라

첫눈

고향을 북쪽에 두고 온 아버지도
돌아가신 땅에

추운 나라
첫 소식을 싣고 내린다

기억하고 있는 사람이나 있는지
지금은 옛말이 되어가는

내리다 바람에 날려 흩어지는
추운 기별

단풍

물을 머금고 햇살을 받아 빛날 때
여름에는 몰랐을 게다

태풍과 비바람을 이기고 저를 키워준 고마움을
가을이 되어서야 알았을 게다

그러기에 저렇게 붉게 철들어
제가 나고 자란 가지를 붙들고
놓지 못하고 있는 게지

아내

넋두리를 받아 주는 사람
당신이 곁에 없었다면 나는
외로웠을 겁니다

아침잠에서 눈을 뜨면
제일 먼저 생각나는 사람
당신의 잠든 얼굴에서
나는 행복을 읽고 있습니다

행복

손녀딸 둘이 저녁 식탁에 마주 앉아
산속 흐르는 물처럼 도란도란 이야기 한다

손자는 좀 떨어진 곳에서
누나들의 대화를 훔쳐 들으며
스마트폰을 뒤지고 있다

나도 텔레비전 볼륨을 낮추고
귀를 기울인다

슬금슬금 스며드는 행복을
깊숙이 챙겨둔다

세상에 들어서고 있다

세상은 저만치 가버리고
따라가기에는 너무 많이 변해 버렸다

죽음에서 벗어난 아내는
부축받으며
뒷걸음으로 살아온 듯
걸어온 길만 되돌아보고

걸어가야 할 앞길은 보이지 않는
세상에 들어서고 있다

고독

풀밭이 파헤쳐지고 있다

뒤집힌 흙더미 위에서
살아남은 풀은
물을 찾아 뿌리를 깊이 내리면서
힘들게 아주 힘들게
꽃을 피우고 있다

아픈 추억

고등학교 3학년 여름방학
친구 몇은 서울 종로학원으로 유학을 갔다

나는 친구가 마련한 보리쌀 된장을 등에 지고
둘이 거창군 웅양면에서
지리산으로 들어가는 높은 다리
암자를 찾아 산으로 들어갔다

틈틈이 된장에 찍어 먹을
도라지 잔대를 캐러
하늘색 꽃 보라색 꽃을 찾아 나섰다

군데군데 넓적한 돌 위에
감자를 캐어 놓고 진흙으로 감싸 발라
불을 지펴 구워 먹은 흔적이 보인다

6·25 뒤끝이라
피난 생활과 구별이 안 되는
8월 중순 고등학교 학창 시절

고픈 배를 공부로 채워야 했던
아픈 추억

지워질 발자국

끌려온 듯 구두 밑창이 닳은 발자국

함박눈이 하얗게 덮는다

마지막 불행 한 토막도
하얗게 덮는다

오래되지 않아도 지워질 발자국

기다림

전쟁이 끝나면 만나겠지
기다리다가

정전협정에 절망하고
휴전선에 철조망이 쳐지면서
갇혀버렸다

통일이 되면 만나겠지
또 기다린다

기다림 속에
영원히 살아 계신 어머니

너무 얇은 꽃잎은 싫습니다

어떤 색깔로 피어날까요
우리 두 사람

가을 하늘처럼 맑고
오래되어도
바래지 않았으면 합니다

예쁘지 않은 꽃은 없습니다
하지만
너무 얇은 꽃잎은 싫습니다

우리 두 사람 넉넉하고
탐스러운 색깔로 피었으면 합니다

시작詩作

컴퓨터 앞에 앉아 꿈을 꾸었습니다
뚜렷하지 못한 꿈이라
해몽을 부탁합니다

아내는
맥락이 끊기고 전달이 분명하지 못한
꿈만 꾼다고 합니다

친구는
자기 존재를 새롭게 정립하는 과정이라고
전문가답게 그럴싸한 해몽을 해 줍니다

내일은 뚜렷하고
배고픔만큼 절실한 꿈이었으면 합니다

꽃들과 이야기하면서

꿈에서 깨어보니 섬에서 살고 있습니다
파도만 밀려왔다 가는

내 삶의 앞날을 바라보듯
바다와 하늘이 만나는 먼 곳을
보고 있습니다

평소에 지나쳐 버리던 꽃들에
눈을 줍니다
마음에 드는 씨앗을 받아 두려고요

꽃들과 이야기하면서
꽃밭을 가꾸면서 살려고 합니다

비워지는 가벼움

해가 치솟는 아침
확 트인 옥상에 오르면
밀물은 손을 놓지 않고
산은 들어와 만나자고 한다

바다였다가 산이었다가
내 나이와 마주 앉아
가을바람에 마음을 말린다
비워지는 가벼움이 좋다

알 수 없는 마음

일요일 점심 같이 먹자고 하니
미리 말해 주지 한다
다음 일요일도 선약이 있다고 한다

곧바로 전화를 걸지 못하고
핸드폰만 만지작거리다 놓쳐버린 약속

다음에 전화하면 되겠지 하면서도
불안해지는
알 수 없는 마음

넉넉한 공간이면 더 좋겠어요

가난하지 않았으면 좋겠어요

외롭게 피었다가
열매도 맺지 못하고
시드는 꽃은 싫어요

가지에 잎도 무성하고
꽃 몇 송이 내주어도 표 나지 않는
꽃이었으면 해요

벌과 나비가 날아드는
넉넉한 공간이면 더 좋겠어요

피난 생활

장마가 졌다
길 잃은 비구름이 제 무게를 못 이기고
비를 뿌린다
세상이 숨을 죽이고 숨어버린다
강물은 구정물을 삼키다 사납게 토해낸다
서슬에 길이 끊겼다
숨어있던 사람들은 양쪽에서 마주 볼 뿐
서로 들을 수 없는 말만 하고 있다
길이 끊겨 집으로 돌아갈 수 없다
아직 비에 젖은 옷을 갈아입지 못하고
장마가 끝나기를 기다리고 있는 것이다

겨울 나무

산비탈이 깎이면서
흙먼지가 겨울바람에 훌훌 날린다

무엇을 두려워하고 있는 걸까
화려했던 겉옷마저 벗어 버리고
겨울까지 걸어온 삶이 있다

불꽃처럼 살아온 과거는
아랑곳없이
죽은 듯이 움직임을 멈추고 있다

거대한 힘
보이지 않는 자연의 질서 속에 숨어
남들이 눈치채지 못하게
봄을 담고 있다

피자 먹는 날

피자와 콜라병이 식탁 위에 놓여 있다

숭늉 식혜 수정과에 익숙한 눈이
콜라병을 바라본다

한 조각 드세요
손자의 성화에도
강냉이 감자 고구마에 익숙한 손이
망설인다

가을 어느 늦은 저녁

붉은 등이 주렁주렁 달린 감나무 아래

멍석을 깔고

양념에 잘 재운 갈비와 더덕을

석쇠 위에 올려놓는다

모처럼 가족이 둘러앉은 자리

별이 쏟아져 내린다

기쁨은 있어야 되지 않나요

얽혀 있는 부분을 헤집어보았지만 풀리지 않아요
속까지 얽혀 있어요
풀어낼 실마리는 얽혀 있는 쪽에 붙어 있을 거예요
고집스럽게 찾아 풀어야 해요

사람 사는 세상이잖아요
꽃이 피고 열매가 맺고
거두어들이는 기쁨은 있어야 되지 않나요

창리 당집

물 반 고기 반이라던

서산 부석면 창리 앞바다

산란기에 모여든 참조기 울음소리에

밤잠 설치던 당집

참조기 흔적도 없이 사라지고

비린내 풍기던 바람마저 떠난 옛 포구

달빛마저 황사에 가린 밤

당집 혼자 남아 외롭다

3부
시간에 떠밀리며

벚꽃 길에서

　지난해는 당신이 찾아왔다는 소식을 듣고도 보러 갈 수가 없었습니다

　어렵게 왔다 급히 떠난 안타까움을 밀어내지 못하고 당신이 다녀간 가로수 길을 걷고 있습니다

　봄비 지나간 저녁 검푸른 색깔 아스콘 포도에 당신은 별이 되어 빛나고 있습니다

시간에 떠밀리며

쌓아 논 종이상자를 어깨에 올려놓으려다
헛발을 디뎠다

다시 발길을 떼어 보지만
굴절을 잃은 속도는 느려지고
가파르게 흐르는 시간에 떠밀리며
남아 있는 길에 발자국 매달린다

야간 근로자

지친 하루가 헤드라이트 불빛으로 도시의 계곡을 채우다 잠드는 밤이다 나는 안식安息을 뒤로하고 도시의 푸른 정맥이 흐르는 야간 지하 공사 현장을 찾아든다 벗어날 수 없는 운명 같은 단칸방으로 흐르는 막힌 혈관을 더듬어 찾는다 저녁에 마신 물이 새 나가고 마른 입술을 혀끝으로 축이며 또 살아내야 한다

모래와 금잔디

　나는 모래가 어디서 왔는지 모릅니다 강 밑바닥에 깔려
물살에 닦이고 있는 자갈이었나요 아니면 먼 옛날 강이
시작하는 곳에 앉아 있던 바위였나요 그것도 아니면 산이
나 밭에서 흘러 들어온 돌이었나요 나는 모래가 어디서
왔는지 모릅니다 흩어졌다가 모여드는 모래를 씻어내고
있는 물가에 앉아 있습니다 바람은 모래를 날려 언덕을
만들고 모래 언덕에는 금잔디가 자라고 있습니다 금잔디
는 모래 사이로 흘러내리는 물기를 뿌리를 내리면서 빨아
올려 모래가 흩어지지 못하게 붙들고 있습니다 모래가 금
잔디를 붙들고 금잔디가 모래를 붙들고 바람을 이겨 내고
있습니다

두부 만드는 날

겨울이 한참인데 포근한 날
시집간 고모가 왔다

할머니는 고모가 좋아하는 두부를 해준다며
콩을 들고나와 물에 불린다

처음 보는 구경이라
어머니 뒤를 병아리처럼 따라붙는다

어머니는 맷돌을 돌리면서 연신
맷돌 입에 콩을 떠 넣는다

고모는 마늘과 붉은 고추를 섞어 다진다

절구 속을 들여다보던 나는
눈물과 콧물이 범벅이 되어 재채기한다

잔칫날처럼 부산한 부엌

종종걸음으로 따라다니던 그날

어머니 얼굴

산이 그늘을 내리고
어둠이 마루 끝으로 찾아들면

허공을 잃어버린 나무처럼
구부리고 앉아 어머니 언덕을 그려 본다

생각뿐
어머니 얼굴은 보이질 않는다

의지할 나무

　허리 보호대를 착용한 어머니는 반듯이 기대앉을 등받이 의자를 챙긴다 텔레비전을 보아야 할 때는 더욱 그러신다 하루를 거의 텔레비전과 같이 보내신다 심한 난청으로 자연경관 같은 그림을 즐겨 보신다

　원시림에서 옆으로 쓰러지면서 죽어가는 나무를 안고 있는 나무를 보면서 당신의 마지막 의지할 나무를 찾고 있다

잠 빚

잠은 은근히 제 몫을 다 챙겨가는 것 같아요
밥을 먹다 숟가락을 떨어뜨리고
꾸뻑꾸뻑 졸고 있는 어린아이를 보면 그래요
잠 빚도 돈 빚처럼 갚아야 한다는 말이 맞아요
잠이 줄어든 나이인데도
새벽에 빚진 잠을 틈틈이 쪽잠으로 갚으면서
살고 있어요

거울 속 당신

한 치의 오차도 없이 나를 따라 움직이는
당신

우는 저를 보았나요
제 마음을 들여다보는 것 같은데
아무 말도 해주지 않네요

붙들고 물어보려 해도 붙들 수 없어
돌아서면 같이 돌아서는
당신

우린 서로 쳐다만 보다
헤어지게 될 것 같네요

생존

1

바람에 꺾인 꽤 굵은 솔가지는 고개를 숙인 채 상처에 송진을 쌓아 올린다 만성 류머티스성 관절염에 걸린 관절처럼 불거진 마디를 만들면서 가는 솔가지를 붙들고 시간을 기다리고 있다

2

눈이 어둡고 혹처럼 구부러진 손으로 할머니는 눈 대충 손 대충 학교에서 돌아온 손자 손녀의 점심을 챙겨주고 머리를 쓰다듬어 준다 호미를 들고 아들 며느리가 일하는 밭으로 나간다

겨울

얼어붙은 강물이 쩡쩡 소리를 내면서 갈라지고 내가 다니는 길도 얼어 터지고 눈 위에 남긴 발자국을 바람이 휩쓸고 지나갈 때 무섭기만 했습니다

당신이 떠난 자리에 푸르게 자란 풀과 사이사이 피어난 꽃들을 보고서야 비워주고 간 마음을 알게 되었습니다

체득

전투 현장을 벗어나려
종일토록 달리다 걷다 했습니다

낯선 땅
저녁 늦게 가마니 창고를 찾아 들어가
거칠고 뻣뻣한 가마니 한 장
점심도 저녁도 굶은 옆구리에 올려놓고
등걸잠으로 추운 어둠을 밀어내고 얻어낸
살아남는 법

내 마지막 남아 있는 재산

유월

당신 품속으로 다리를 쭉 뻗어 봅니다
걸리는 게 없습니다
팔을 뻗어 헤엄쳐 봅니다
따뜻한 체온이 전해옵니다

같이 지낸 지 한 달
일 년이나 걸리는 먼 길
떠날 준비를 하고 있습니다

붙잡아 둘 수 없는 당신을
마음은
보내 드릴 수 없습니다

갯버들

냇가 미루나무 옆에
갯버들 한 그루 남아 있다

한여름 미루나무는
매미를 등에 업고 울어 댄다

물총새와 물잠자리는
갯버들에 앉아 쉬고 있다

갯버들 밑 물웅덩이에
별들이 들어오면
갯버들도 머리를 숙이고 들어와
하루의 피로를 풀고 있다

원족 가던 길

도시락 책보에 싸서 허리에 두르고
걷던 길

산허리 돌아서면 가는 허리 잔대꽃 곱게
피어나던 산길

길가 숲속 민충이 요란하게 울던
언덕길

친구들과 도란도란 걷던
원족 가던 길

지금도 걷고 있다

당신 곁으로 가는 길 1

거의 왔다고 짐작은 하지만
어디쯤 왔는지는 모릅니다

가족들이 어른거립니다

어머니가 따라옵니다

어릴 때 친구들도 따라옵니다

당신 곁에서 정신이 나가면
그땐 다 잊어버리겠지요

당신 곁으로 가는 길
길목에 걸려 머뭇거립니다

당신 곁으로 가는 길 2

걸어 보려고 쭈그리고 앉았던 다리를 뻗으면 소리를 내면서 통증이 옵니다 걷다가도 발을 헛디디면 무릎이 아파 걸음을 멈추고 앞서가는 사람들의 다리를 쳐다봅니다 얼마 걷지도 못하고 다리오금 힘줄이 땡기고 허벅지 근육에 쥐가 납니다

다리에 힘이 빠지고 통증으로 뒤뚱거립니다

동창凍瘡

전쟁통에 귀에 동창이 생겼다

찬바람이 불면 진물이 흐르고 딱지가 지면서
낙엽이 물드는 소리
솔잎이 몰아쉬는 숨소리에 놀란다

그 후로
꽃이 웃는 소리에도 귀는 예민해진다

프로필

네이버 인물정보를 검색하다
나를 보고
실제의 내가 아니라
타인에게 보여주고 싶은 나인 것 같아
소셜미디어에 올라 있는 내 시집을
슬며시 꺼내 읽는다
혹시 어릴 때 어머니가 볼까 봐
일기장에 숨겨 놓았던 거짓말이 있나 싶어

봄

동네 뒷산
눈바람이 다녀간 자리에
꽃이 돌아왔다

눈바람이 왜 돌아갔는지
꽃이 어디를 다녀왔는지도 모르는
양지바른 기슭에

돌아온 제비꽃
봄을 흔들고 있다

고백

정이 들었습니다

분수에 넘치나요
그리움 옆에서 외로움이 서성거립니다

사랑한다는 말을 못 하고
당신에게
다가갈 수도 멀어질 수도 없는 마음을
비워 낼 방법을 모릅니다

박새

얼른 보아 박새로 보이는 작은 산새가

키 작은 소나무 잔가지 사이에

하늘을 향한 문도 지붕도 없는 집을 짓는다

집을 짓는 것을 보면

새끼를 기를 집을 장만하나 보다

생명이 탄생할 작은 성전

건축을 방해하지 않기 위해

나는 멀찌감치 떨어져 돌아간다

방천포

까치놀 바라보며 주저앉은
서산 팔봉면 방천포

쌈판배 주남배는 보이지 않고
무심한 방천은 바다로 흘러들어 잠든다

땔감을 싣고 인천으로 떠난 배는 돌아오지 않고
장뻘에서 늦도록 기다리던 할머니도
돌아가신 지 오래

물빛마저 시든 방천포
무심한 바람이 스쳐 지나간다

4부
사람을 찾습니다

공평하게 주어진 24시간

낮잠을 자다 일어나 텔레비전을 보다
서성거리다
무료하게 보내는데

친구가 바쁘다면서
시간을 좀 채워 달라고 한다

부족한 시간을 붙들고 있는 옆에서
놓친 시간을 메워 주고
돌아온 잠자리에
잘못 사용한 시간의 두려움이
스멀스멀 기어들어 온다

사람을 찾습니다

직장을 그만둔 후 시간은 넉넉한데 놀아주는 사람이 없습니다 아들과 딸은 서울에 살고 있습니다 몇 안 되는 친구들도 이웃집 드나들 듯 병원에 다니느라 같이 놀 시간이 없습니다 지금은 어떻게 노는지도 잊어 벼렸습니다 누군가에 의존했을 때의 시간을 생각하면서 혼자 할 수 있는 놀이를 찾고 있습니다

강물

　장마로 생긴 상처를 아픈 시간 뒤로 남기면서 자갈을 씻어내고 있습니다 모래가 쌓인 언덕에는 고운 잔디가 자라고 있습니다 소沼에서 미적거리다가도 여울을 만들고 급한 걸음으로 산모롱이를 돌아갑니다 정갈한 모래와 자갈을 남기면서

막걸리 한 대접

절친한 친구를 만나
점심 손님이 뜸한 식당에 들어가 마주 앉는다

술이 약한 나에게
막걸리 한 대접은 괜찮다며 권한다

안주래야 밥반찬에 추억뿐이지만
그렇게 편해지고 즐거울 수 없다

오늘 밤은 평상에 누워
별이 쏟아지는 하늘을 덮고 자던
어릴 적으로 돌아갈 수 있으리라

머뭇거리는 사랑

나는 당신 곁으로 가고 있습니다

그런데 더 가깝게 다가갈 수 없는 곳이
당신 곁인 줄 몰랐습니다

좋아하는 마음이 나무처럼 자라면
상처가 되는 줄 몰랐습니다

사랑한다고
말을 해야 할 텐데

입을 떼지 못하고
머뭇거리고 있습니다

7월에 쓰는 편지 1

동네를 나서면
애기똥풀이 노란 꽃을 피우고 있어요

산길에는
며느리배꼽이 흰 꽃을 피우고요

참나리를 보면
제가 어릴 때
산에서 옮겨 심은 범부채꽃이 생각나요

기다렸지만 올해도 갈 수가 없어

작달비 지나간 길목에서
편지를 쓰고 있습니다

7월에 쓰는 편지 2

앵두 추리 나무는
지금쯤 잎만 무성하겠지요

어린 저를 데리고 심어놓은 사과나무 배나무도
한창 열매를 불리고 있고요

초복이 드는가 했더니
중복이 따라 들고 있어요

추석에는 차례상에 진설할 만큼
여물 거예요

첫 사과며 배를 따서 상에 올리고
향을 피우게 하셨지요

금년에도 찾아 뵐 수가 없습니다

길이 뚫리면 꼭 찾아 뵈겠습니다

부칠 수 없는 편지로 안부를 전합니다

내밀한 의미

꽃은 여전히 아름다운데 찾아오던 벌과 나비가 발길을 끊습니다 새로 피어난 꽃을 찾아 떠난 벌과 나비는 또 새로 피어나는 꽃을 찾아 떠날 것입니다 꽃은 벌과 나비가 다녀간 자리에 꽃자리를 남깁니다 꽃이 피고 지는 내밀한 의미가 궁금해집니다

스마트폰

학원에서 저녁 늦게 돌아와 혼밥을 먹고
혼방에 틀어박혀 혼자 책을 읽고
빛나는 별은 보지 않고
스마트폰 액정만 들여다본다

어둔 밤하늘에도
자세히 오래 보면
무수히 많은 별을 볼 수 있는데

낙향

헤드라이트 얼비치는 유리 벽이 싫어
하늘과 물만 있는 동네로 들어와
산안개 자욱이 스며드는 저녁과 마주 앉아
이야기를 나눕니다

아침 선잠에 스며들던
출렁이던 봄날
손짓하며 피어나는 수수꽃다리며
달려오는 보리 패는 내음을
그리고 있습니다

불평

가게에 들어온 손님이
산 물건이 마음에 안 든다고 한다

뜯지 않았으면
바꾸어 주겠다고 한다

손님은 써보니 맞지 않는다 하고
주인은 손님이 골라 산 것이라
할 수 없다고 한다

상점 문을 열고 들어선 손님은
시비를 지켜보다 나가버리고

부슬부슬 내리는 비는
저녁을 데리고 바삐 지나간다

쉬었다 갈 수 없는 길

제가 태어난 동네에는 큰길이라곤 지게를 지고 다니는 논두렁이나 밭두둑을 벗어나 집으로 겨우 들어오는 달구지 길밖에는 없었습니다 재빼기 오솔길을 넘어 학교에 가던 날 처음으로 신작로를 만났습니다 평탄할 줄만 알았습니다 그런데 어느 해 홍수에 휩쓸리듯 사람들 틈에 끼여 향해 가는 곳도 모르고 어디쯤 가야 하는지도 모르고 살아남기 위한 고통스러운 몸부림을 쳤습니다 뒤돌아보면 당신은 슬픔이 물든 몸짓을 비 온 뒤에 남는 웅덩이 같은 흔적만 남기고 있습니다

가늠할 수 없는 마음

당신을 만나
밥 한 끼 먹는 시간이
왜 이리 짧은가요

당신과 헤어져
내일 만나기로 한 시간은
왜 이리 긴가요

가늠할 수 없는 마음이여!

여름 숲

푸른 수풀 위에 여름이 무겁게 내려앉는다
새소리도 숨어버리고
한 줄기 산돌림이 지나간 자리에
바람 한 점 없는 정적이 쌓인다

깊숙한 여름 숲속에
풀벌레 은밀한 집을 짓는다

약속 시간

점심을 같이 먹자는
친구의 전화를 받고 나갑니다

보폭을 넓게 걸으라는 생각이 나서
발을 떼었는데
중심을 잃고 뒤뚱거리면서 종종거립니다

만나기로 한 식당이 먼 곳도 아닌데
시간에 대가려고
마음이 앞서갑니다

지붕 없는 집

태양이 작열하는 하늘을 소나기가 지나갔습니다 오늘은 함박눈이 펑펑 쏟아집니다 장대비를 피해 도망치듯 뛰어 가던 걸음으로 눈을 맞으며 골목길을 걷고 있습니다 나는 하늘도 지붕이 없는 집에서 산다는 것을 나이가 한참 들어서야 알게 되었습니다

불청객

피로가 슬금슬금 찾아온다 마른세수를 하고 기지개를 켠
다 똑바로 앉아 앞과 뒤 오른쪽 왼쪽을 순서대로 축 늘어뜨
려 힘을 뺀다 마지막으로 눈과 어깨에 남아 있는 힘마저 내
려놓는다 조용히 머릿속을 비우고 앉아 있는데 구구단을
못 외워 몇몇이 학교에 남아 나머지공부 하던 기억이 왔다
가 나가고 어릴 적 싸우던 옆집 친구가 찾아온다 금새 어제
저녁 함께 술 마시던 친구의 웃는 얼굴이 들어온다 피로를
풀려고 비워놓은 머리에 찾아오는 불청객

당신 이야기

시를 쓰고 있습니다

뒤에서 지켜보고 있던 아내가
기뻐합니다

잃어버린 소중한 물건을 찾은 듯
철없이 흘려보낸 시간 속 기억을 붙들고
새처럼 날고 싶어 하던
당신 이야기를 쓰고 있습니다

부러진 연필

문밖은 사나운 바람 소리만 지나간다 요를 깔고 덮어놓은 이불을 윗목으로 밀어놓는다 아랫목에 앉아 개다리소반 위에 공책을 올려놓고 학교에서 내준 숙제를 한다 꼭꼭 눌러쓰다 연필심이 부러졌다 옆에 앉아 지켜보시던 어머니는 연필을 깎아 주면서 아버지가 돌아가실 때 ― 내가 읽던 책을 읽을 수 있게 가르쳐 주었으면 좋겠다. 하셨다면서 걱정 섞인 눈으로 바라보셨다

조금 전 텔레비전 연속극에서 어머니가 아들에게 하던 말을 기억해 두려고 메모지에 적다가 연필이 부러졌다 어릴 적 어머니가 깎아 주시던 연필은 기억 속에 있고 말씀만 남아 밤잠을 밀어내고 있다

계곡에서

　산골짜기 더 깊은 골짜기로 걸어 오릅니다 시원한 바람과 물이 흘러내리는 깊숙이 숨겨진 당신의 속살을 더듬어 오릅니다 얼마인지 알 수 없는 시간이 흘렀습니다 우리가 도착한 곳은 당신의 너럭바위였습니다 햇살을 받아 빛나는 폭포로 오랜 세월 깊숙이 패인 물웅덩이가 눈에 들어왔습니다 고인 물이 아래로 흘러내립니다 해맑은 소리로 당신은 우리를 맞습니다

욕심

    웃는 당신이 좋아서 다가갑니다 내 잡념을 털어내 주듯 옷에 묻은 검불을 떼어내고 털어주는 당신이 좋아서 다가섭니다 가끔은 불안해집니다 어느 날 갑자기 당신이 변하면 어쩌나 아주 모르는 사람처럼 외면하면 또 어쩌나 그런 생각이 듭니다 세월이 흘러가도 변하지 않았으면 합니다

생일 달을 안고 사는 가을

수업 시간에 선생님이 봄 여름 가을 겨울
어느 계절을 좋아하느냐고 묻는다

음력으로 9월 17일이 내 생일이라
가을이 가장 좋다고 말한다

계절에 맞추어 살아본 적이 없지만
몸에 밴 버릇대로 나는
봄이 오면 봄이 좋고
여름이 오면 여름이 좋다

겨울이 오면 눈 내리는 고향이 좋아
겨울이 좋다

봄 여름 가을 겨울
어느 계절을 좋아하느냐고 묻는다면

생일 달을 안고 사는

가을이 가장 좋다고 말한다

비켜설 수 없는 문

하루는 동이 트고 눈부신 태양으로 치솟는다 찬란하게 빛나다 운명처럼 타닥타닥 저녁 숲속으로 스며든다

하루의 끝자락을 태우고 있는 노을 속 뜨거운 문을 붙들고 생각에 잠긴다

낯선 사람들 틈에 끼어 혼자 걷고 있다 둥지 잃은 새, 바람이 부는 주위를 살핀다 부리가 시리다 깃털이 바람에 날린다

야간행군

　추운 겨울밤이다 중공군이 지켜볼지도 모르는 외진 산길을 걷고 있다 뒤로 전달 일렬종대 보행거리 2보 확보 소대장의 명령이 떨어진다 뒤로 전달 일렬종대 보행거리 2보 확보 뒤쪽으로 뒤로 명령이 하달된다 앞서가는 친구의 불룩한 배낭을 따라 걷는다 길옆 미리 나와 기다리고 있는 광주리 속 얼어버린 주먹밥 하나 집어 든다 속에 박힌 된장 덩어리를 찾아 이빨로 긁어 먹으면서 걷는다 졸면서 걷는다 자면서 걷는다 직선으로 직선으로만 걷는다 굽은 길을 만나 앞 친구가 도랑을 헛디뎌 넘어지면 뒤따라 넘어지면서 걷는다 한 발 비켜앉아 대변을 보던 친구가 잠이 들었나 보다 향도가 칼빈 소총 개머리판으로 철모를 때린다 철모가 떨어진다 겨울바람이 분다

서산장날

- 2·7장 흔적

   추운 겨울밤 서산 신시장이 화마로 사라졌다 그 자리에 들어선 벽돌 슬라브 상설시장 한쪽에 어시장이 들어섰다 관광객에 들려 나가는 스티로폼박스 행렬 옆에 할머니 몇 분이 구부리고 앉아 있다 조그마한 붉은색 플라스틱 그릇에 올려놓은 상추 몇 잎 깻잎 몇 잎 풋고추 몇 개 오늘 아침 텃밭에서 따온 직접 농사지은 거라고 지나가는 손님을 불러 세운다

'좁고 가파른 층층대'를 오르는 투명한 언어
- 백만섭 시 예술의 한 정점

김재홍(시인·문학평론가)

인간이 향유하는 예술 가운데 시는 한 시인의 내면에 떠오른 심상을 절제된 언어와 정제된 형식으로 표현하는 양식이다. 시는 언어를 수단으로 하지만 어디까지나 인간의 내면을 드러내는 예술이라는 게 요점이다. 따라서 모든 시는 언어로 이루어져 있지만, 어떤 시도 같은 내용을 담지는 않는다. 사람은 저마다 마음에 두는 생각이 다르며, 같은 사람의 내면도 시시각각 변하기 때문이다.

이러한 진술은 물론 미학적 정의가 될 수 없으며, 동시에 시는 그러한 개념화를 거부하는 예술이라고 말할 수도 있다. 시는 '무엇'이라는 정의가 사실상 불가능한 예술이다. 그런 점에서 "시의 정의의 역사는 오류의 역사"(T. S. 엘리엇)라는 주장은 음미할 만한 가치가 있다. 시를 통해 한 인간의 내면에 귀 기울이며 거기에서 공감과 위안을 얻는 일이 가능한 것도 이런 속성 때문이며, 시에서 한 인간의 고유한 개성을 만끽할 수 있는 것도 이 때문이다.

바로 여기에 시 쓰기의 어려움과 시인을 지망하는 사람들의 고통의 뿌리가 있다. 마음속에 천만 가지 생각들이 우글거리지만 그것을 표현해 낼 언어는 손쉽게 구해지지 않는다. 언어의 곳간(언표장)에 말은 넘치지만 자기 내면의 아우성을 드러낼 적실한 언어는 쉽게 찾아지지 않는다. 언제나 시는 내면을 배반하고, 언어도 내면을 배반한다. 이러한 배반과 불일치로 인하여 시인들은 날마다 골방에 갇혀 하나의 시구, 한 줄의 시행을 찾으려 몰두한다.

시인에게 욕망이 있다면, 그것은 표현 욕망이다. "예술은 '말로 표현할 수 없다', '할 말을 잃었다', '침묵에 빠져들었다', '입을 다물었다' 등의 언어가 끊어진 상태(言語道斷)를 다른 방식으로 표현하려는 인간의 욕망에서 비롯되었다."(전영태) 시인들은 자신의 내면을 드러낼 언어를 찾아 평생을 떠돌아다니는 유목민과 같다. 시인들은 결코 정주할 수 없는 사람들이다.

그런 점에서 백만섭 시인은 타고난 표현주의자이자 영원한 떠돌이다. 그는 자신의 내면에 떠오르는 '무엇'을 예민하게 인식하면서 그것을 표현하려는 자이며, 바로 그 내면의 예측할 수 없는 생성과 변화를 무한히 추적하는 떠돌이다. 표현 욕망이란 한순간 나타났다 사라지는 신기루 같은 것이 아니다. 욕망은 말 그대로 태생적인 것이어서 백만섭은 이미 어릴 적부터 시인을 열망하며 시와 함께 살아왔음을 추측할 수 있게 한다.

그는 비록 연만한 나이에 첫 시집을 상재한 시단의 신예라고 하겠지만, 표현 욕망과 떠돌이 본성이라는 맥락에서는 한국 시단의 원로라고 해도 과언이 아니다. 올해로 아흔 살에 이른 백만섭은 두 권의 창작 시집을 넘어서는 방대한 시적 사유와 그것을 표현하는 언어적 방랑을 굽히지 않고 실천해낸 위의를 가지고 있다고 하겠다. 또한 그것은 이 세상을 주유하는 이상 끊을 수 없는 숙명이라고 하겠다.

백만섭의 세 번째 시집 『좁고 가파른 층층대』는 이러한 그의 시적 도정이 새로운 차원에 도달하였음을 보여준다. 사유가 깊어지고 표현력은 넓어져 시 예술의 한 정점을 차고 오르는 진경이 펼쳐지고 있기 때문이다. 이는 분명 "상실된 자연과 고향의 회복을 꿈꾸는 아날로지의 시인"(이병철)임을 드러낸 첫 시집 『마음속 섬 하나』와 "존재의 시적 개화와 사랑의 완성"(김유석)을 보여준 두 번째 시집 『바래지 않는 그림』을 넘어서는 경지라고 할 것이다.

백만섭은 『좁고 가파른 층층대』에서 시 예술의 원형질에 해당하는 세 가지 키워드를 제시하고 있다. 그것은 생명과 인간, 그리고 자연이다. 백만섭 시 세계의 깊이와 넓이와 높이를 상징하는 이들 세 키워드는 개별적으로도 의미를 구성하지만, 서로 중층적이고 복합적으로 어울리면서 상승 작용을 일으키고 있다. 생명의 깊이와 인간의 넓이와 자연의 높이는, 동시에 생명의 넓이와 인간의 높이와 자연의 깊이로 변주되고, 생명의 높이와 인간의 깊이와 자연의 넓이로도 전화된다.

중요한 것은 생명과 인간과 자연이야말로 수만 년 시의 역사를 모두 수렴할 수 있는 핵심어라는 점이다. 시사(詩史)의 명편들은 어느 하나 이들 범주를 벗어난 적이 없으며, 앞으로 나올 어떤 시도 이들 바깥에 있지 못할 터이다. 시는 인간지학이며, 사람들이 시를 아끼고 향유하는 이유가 바로 이들 세 키워드에 있기 때문이다. 그런 점에서 세 권의 창작 시집만에 이곳에 도달한 그의 '표현 욕망과 떠돌이 기질'은 경이롭기까지 하다.

첫째 키워드 - 생명

6월 장마에
치명적 상처를 입고서야
물 무서운 줄 알았다

장마전선이 남북을 오르내리면서
물바다를 이루고

합수가 있는 곳에서는
물싸움이 벌어졌다

흙탕물이 빠져나간 곳에서
겨우 옷 한 벌 걸친 씨앗이
한 생을 이어 간다

- 「물난리」 전문

생명이 생명을 만나 생명을 낳고, 생명이기에 끊이지
않고 "한 생을 이어 간다". 참혹한 물'난리'로 흙탕물이 되
어도 '씨앗' 하나가 생명을 이어간다. 우리는 모두 씨앗에

서 온 씨앗이며, 씨앗을 물려주고 떠나야 하는 존재들이다. 생명 현상에 대한 통찰을 담고 있는 테야르 드 샤르댕(Pierre Teilhard de Chardin, 1881~1955)의 『인간 현상』에 육박하는 사유가 보인다.

"사람은 사람 이전에 이 땅에 나타난 모든 존재들의 바람과 애씀의 열매다."(양명수) 때문에 아무리 무서운 장마도 이겨낼 수 있으며, 산사태를 만나도, 지진을 만나도, 파도와 쓰나미를 만나도 생명은 이어질 수 있다. 「물난리」는 또한 무엇보다 인간이 저지른 광포한 폭력의 알레고리로도 적실하다. 젊은 백만섭이 겪었을 전쟁의 참상으로 읽어도 문제가 없다. '6월', '전선', '남북', '물싸움', '옷 한 벌'이라는 시어가 환기하는 상황은 한국전쟁의 그것에 가닿는다. 물론 그렇다고 해도 생명의 사유와 괴리되지는 않는다.

> 정상을 앞두고 숨을 고른다
> 뒤돌아보면
> 산은 내려가라고 한다
>
> 내려가야만 들리는 소리
> 있다고
>
> ─「숲의 소리」부분

비가 오나 눈이 오나

너보다 질기게 살 수 있으랴

아픈 삶이 아름다운 것은

삶과 죽음을 붙들고 꽃을 피우는

네 의지 때문이다

너에게 들어선

내 마음이 환해진다

　　　　　　　　　　　－「삶의 비탈」부분

　다른 많은 시에서 볼 수 있듯 백만섭에게 생명은 우선
'삶'을 지시한다. "정상을 앞두고 숨을 고르는" 삶의 이미
지와 "아픈 삶이 아름다운 것"의 이미지는 모두 삶=생명을
가리킨다. 그러나 동시에 "내려가야만 들리는 소리"의 이
미지와 "죽음을 붙들고 꽃을 피우는" 이미지는 죽음=생명
이라는 역설적 도식을 가능케 한다.

　그리하여 다음과 같은 아름다운 생명의 시가 나타난다.

　거의 왔다고 짐작은 하지만

어디쯤 왔는지는 모릅니다
가족들이 어른거립니다

어머니가 따라옵니다

어릴 때 친구들도 따라옵니다

당신 곁에서 정신이 나가면
그땐 다 잊어버리겠지요

당신 곁으로 가는 길
길목에 걸려 머뭇거립니다
                    −「당신 곁으로 가는 길 1」전문

    화자는 지금 어딘가를 찾아가는 길이다. '거의' 다 왔다
고 짐작하지만, 아직 당도한 것은 아니다. 다가가고 또 다
가가도 도달할 수 없는 생의 비의(秘義)가 드러난다. 그가
가고자 하는 곳에는 가족들이 어른거린다. 어머니가 따라
오고 어릴 때 친구들도 따라온다. 화자의 심리적 원형에
해당하는 가족, 어머니, 친구들이 있는 곳, 그곳은 언젠가

도달해야 할 곳이다.

「당신 곁으로 가는 길 1」에는 삶과 죽음의 경계를 무너뜨리면서 생명의 의미를 확장하고 거기에 깊이를 더하는 사유가 있다. 한 생명이 영원한 생명을 찾아가는 길의 이미지가 선명하고 처연하고 거룩하다. 특기할 것은 이 시의 정조에 비장미를 더하는 것은 존칭을 사용한 때문이라는 점이다. 대상을 특정할 수 없는 상대를 상정하고 그것에 존칭을 사용함으로써 작품에서 추구하는 의미가 강화되고 깊이가 더해지고 있다. 그것은 생과 사의 경계를 두고 벌이는 시적 사유이기 때문이다.

둘째 키워드 - 인간

백만섭은 이번 시집에서 실로 다양한 인간의 모습을 보여준다. 그것은 한 세기에 가까운 삶에서 오는 자연스런 귀결이기도 하겠지만, 그가 활약해 온 시대가 어느 때보다 강렬한 '역사'의 시대였음을 표상한다고 하겠다. 일제 강점기에 태어나 한국전쟁과 4·19와 5·16을 거치고, 산업화 시대를 지나 신군부의 집권과 87년 민주화운동을 거쳐 오늘에 이르는 한국사의 축도가 그의 시대이다. 그의 삶은 다른 세대와 구별되는 굴곡의 시간이다.

그는 평안북도에서 태어나 태천중학교를 다녔고, 월남하여 경상남도 거창에서 거창고등학교를 졸업했다. 서울로 올라와 중앙대학교 약학대학을 졸업하고 다시 중국 천진과 하북의 중의학원에서 수학했다. 그리고 오래도록 충청남도 서산시에서 약국을 운영하고 있다. 이러한 그의 삶은 이후 세대가 경험하기 힘든 동아시아적 공간이라고 할 만하다.

인적이 끊긴 밤거리
취객이 고래고래 소리를 지르면서 지나간다

바람은 나뭇가지를 울리고
길바닥을 휩쓴다

겁에 질려 이불을 뒤집어쓰고
바깥소리에 귀를 막는다

바람이 매섭다
웅크리고 주저앉은 휴전선 155마일

철책은 아직 말이 없고

가족이 모여 앉은 따뜻한 아랫목이
그리운 밤이다.

　　　　　　　－「바람이 매섭다」 전문

　이 시의 공간과 시간은 중첩되어 있다. 표면적인 시공간은 '오늘-이곳'이라는 것을 쉽게 알 수 있는데, 이면에 숨겨진 비유적 시공간은 주의 깊게 살피지 않으면 쉽게 드러나지 않는다. (1) 인적이 끊긴 밤거리, (2) 고래고래 소리를 지르는 취객, (3) 겁에 질려 이불을 뒤집어쓴 화자가 환기하는 시공간은 한국전쟁의 어느 전투 상황이다. '오늘-이곳'이 '그날-그곳'과 겹쳐지면서 시적 긴장이 강화되고 의미의 심도가 더해진다.

　그리고 다시 현재로 돌아와 '가족이 모여 앉은 따뜻한 아랫목'이 그리워진다고 함으로써 시적 화자가 느끼는 그리움의 강도를 한없이 끌어올린다. 노년의 한 시인이 젊은 날의 어떤 장면을 떠올리면서 느끼는 '그리움'이 주는 비애감이 읽는 이의 마음까지 뒤흔든다. 이 작품은 표면과 이면의 시공간을 중첩시키면서 그리움에 절망하는 한 인간의 내면을 여실하게 표현하고 있다.

백만섭의 시에 등장하는 인간의 모습은 다양하기만 하다. 과연,

- "고향을 북쪽에 두고 온 아버지도/돌아가신 땅에" -「첫눈」
- "아침잠에서 눈을 뜨면/제일 먼저 생각나는 사람" -「아내」
- "피난 생활과 구별이 안 되는/8월 중순 고등학교 학창 시절" -「아픈 추억」
- "기다림 속에/영원히 살아 계신 어머니" -「기다림」
- "고모는 마늘과 붉은 고추를 섞어 다진다" -「두부 만드는 날」
- "절친한 친구를 만나/점심 손님이 뜸한 식당에 들어가 마주 앉는다" -「막걸리 한 대접」

이와 같이 다양한 인간의 모습이 등장하는 것도 이색적인 일이지만, 이들의 양상이 생명과 자연이라는 다른 키워드와 복합적으로 연결되어 등장한다는 것은 더욱 주목해야 할 일이다. 위의 시에 등장하는 사람은 모두 생명이나

생명 현상과 다른 차원의 인간이 아니며, 자연과 대립하거나 그것과 이격된 인간도 아니다.

> 나는 당신 곁으로 가고 있습니다
>
> 그런데 더 가깝게 다가갈 수 없는 곳이
> 당신 곁인 줄 몰랐습니다
>
> 좋아하는 마음이 나무처럼 자라면
> 상처가 되는 줄 몰랐습니다
>
> 사랑한다고
> 말을 해야 할 텐데
>
> 입을 떼지 못하고
> 머뭇거리고 있습니다
>
> —「머뭇거리는 사랑」 전문

일종의 백만섭표 인간관이라고 할 만한 작품이다. 그에게 인간('당신')은 다가가고 있는 존재이다. 멀리하거나 피하지 않는, 다가가야 하는 존재는 상호 친연성을 갖춘 존재들이다. 서로에게 이끌리는, 이끌려야 하는 인간관계라 할 수 있다.

그런데 그러한 인간('당신')에게는 완전히 다가갈 수 없다. 내가 그를 좋아하고, 서로 이끌리는 사이라지만, 오히려 그것이 상처가 되기도 한다. 이것은 불화와 불일치가 무시로 일어나는 현실의 인간관계라고 할 수 있다.

그렇다면 백만섭은 이러한 인간관을 토대로 무엇을 생각하고 있는 것인가.

셋째 키워드 - 자연

누차 강조해 왔지만, 백만섭의 시 세계를 이해하는 키워드(생명, 인간, 자연)는 서로 분리된 것들이 아니다. 오히려 튼튼하게 연결되어 있고, 복합적이고 중층적으로 교직되면서 시적 의미를 강화하고 있는 것들이다. 백만섭의 이번 시집이 그의 '시 예술의 한 정점을 차고 오르는 진경'을 보여주는 것이라 할 수 있는 근거가 바로 여기에 있다.

앞서 본 「머뭇거리는 사랑」에 보이는 그의 인간관이 불화와 불일치를 긍정하는 것이 아니라 외려 거기에서 빚어지는 페이소스를 환기하는 장치이듯 자연을 사유하는 태도 또한 다르지 않다. 그는 '자연'을 '생명'의 근거로 인식하면서 '인간'을 살리고 이끌어가는 기제로 본다.

나는 모래가 어디서 왔는지 모릅니다 강 밑바닥에 깔려 물살에 닦이고 있는 자갈이었나요 아니면 먼 옛날 강이 시작하는 곳에 앉아 있던 바위였나요 그것도 아니면 산이나 밭에서 흘러들어온 돌이었나요 나는 모래가 어디서 왔는지 모릅니다 흩어졌다가 모여드는 모래를 씻어내고 있는 물가에 앉아 있습니다 바람은 모래를 날려 언덕을 만들고 모래 언덕에는 금잔디가 자라고 있습니다 금잔디는 모래 사이로 흘러내리는 물기를 뿌리를 내리면서 빨아올려 모래가 흩어지지 못하게 붙들고 있습니다 모래가 금잔디를 붙들고 금잔디가 모래를 붙들고 바람을 이겨 내고 있습니다

　　　　　　　　　　　　　　ー「모래와 금잔디」전문

이 작품은 모래(자연)와 금잔디(생명)가 서로를 붙들어

각각의 존재를 강화시키고 있음을 보여 주는 한 편의 아름다운 서정시라고 할 수 있다. "나는 모래가 어디서 왔는지 모릅니다"라는 시행을 반복하면서 '모래와 금잔디'의 결속을 의미론적으로 강화하는가 하면, 그러한 결속이 바람을 이겨내는 힘이라는 메시지를 강조함으로써 빼어난 기교파 시의 면모를 보여준다.

 나아가 이 시의 미덕은 생명과 자연과 인간이 혼연일체가 되는 경지를 보여준다는 점이다. 자연 현상이 인간적 의미로 환유되고, 인간적 의미가 생명 현상으로 투사되는 모습을 표현해냈기 때문이다. 생명 → 인간 → 자연 → 생명의 고리가 여기서 완성되어 나타난다.

　　산이 그늘을 내리고
　　어둠이 마루 끝으로 찾아들면

　　허공을 잃어버린 나무처럼
　　구부리고 앉아 어머니 언덕을 그려 본다

　　생각뿐
　　어머니 얼굴은 보이질 않는다
　　　　　　　　　　　　－「어머니 얼굴」 전문

산언덕을 보며 어머니 얼굴을 떠올리는 애처로운 아들의 모습이 더없이 안타깝다. 해가 지고 어둠이 내린 산 너머 만날 수 없는 어머니 얼굴을 애타게 찾는 시적 화자의 모습에서 인간적 보편성이 드러난다. 여기서도 마찬가지로 산(자연)과 나무(생명)와 어머니(인간)라는 이미지가 서로 중첩되면서 서정의 깊이를 더하고 있다.

이처럼 백만섭의 세 번째 시집『좁고 가파른 층층대』는 '표현주의자이자 영원한 떠돌이'인 자신의 시적 도정에서 하나의 정점을 보여주는 듯하다. 편편마다 '방대한 시적 사유와 그것을 표현하는 언어적 방랑'이 맺혀 있다. 그가 늦은 나이에 시집을 상재하며 시작활동을 본격화했다고 해서 그의 표현욕과 떠돌이 본성까지 뒤늦었던 것이 아님을 이번 시집은 제대로 보여주고 있다고 하겠다.

　　좁고 가파른 층층대를 올라야
　　내가 사는 집이 있다

　　복도 겸 대청이 내 공부방이다
　　공부방이래야 책 몇 권
　　텔레비전 옆에 컴퓨터 한 대

돼지기름에 부친 녹두지짐 막걸리 한 대접 마
시고
아내와 같이 시장에 나가
도토리묵과 달래를 산다

내 삶의 투명한 언어로
마지막 장을 채우려
할머니가 덤으로 주는
구수한 단어들을 받아 들고
오늘도 좁고 가파른 층층대를 오른다

　　　　　　　　　 -「좁고 가파른 층층대」전문

　이런 의지의 시를 보여줄 수 있다면, 그 시인은 결코 늙
지 않으리라. 그리고 바로 그런 이유 때문에 백만섭 시인
은 이 작품을 그의 세 번째 시집의 표제작으로 삼았을 터
이다. 그리고 우리는 그 길을 걸어가는 그의 걸음을 기쁘
게 주목하면 된다. 그의 곁에서 "같이 걸어갈 길동무"(「12
월의 달력」)가 되어….

추천사

선재희(KBS 기자)

시인의 얼굴은 하얗고 깨끗하다. 햇빛 좋던 어느 오전에 그리 복잡하지 않은 시장길을 걸어 시인의 집을 찾아갔었다.

이산 70년 기획으로 실향민들의 인터뷰를 영상으로 영구 보존하기 위해 〈나의 살던 고향은〉이라는 프로그램을 제작 중이었다. 시인의 1집 『마음속 섬 하나』(2020년)에서 "꼭 만나야 할 사람을 만날 수 없는 세상에서 나는 살고 있다"는 시 구절에 몹시 매혹돼 출판사를 통해 전화번호를 알아냈었다.

30년 가까이 기자 생활을 하면서 숱한 얼굴들을 보았지만, 시인의 얼굴은 참 드물게 좋았다. 전쟁통에 어머니와 헤어지고, 이름 모를 국군 아저씨의 도움으로 목숨을 구하고, 생의 길목 곳곳에서 힘들 때마다 문득문득 어린 아들이 되어 "엄마 나 어떡해?" 읊조리면서 살아왔다고 했다. 먼저 간 사람을 그리워하며 수십 년 살아온 나는 시인의 심정을 너무 잘 안다.

보이지는 않지만 옆에 분명 있고, 항상 지켜 주는 존재가 있다는 것도. 전쟁의 틈바구니 속에서도 늘 누군가 시인을 도와주었고, 10대 소년이었던 그는 기적적으로 잘 버텨냈으며 약사가 되었다. 고행이요 순례와도 같았던 시인의 여정 곳곳에 어머니가 계셨다는 것은 그의 시를 읽으면서 저절로 알게 된다. 시인이 평안북도 고향 땅을 밟아 보고, 고향에서 물어물어 어머니의 소식을 듣는 그날이 꼭 오기를 바란다.

시인은 2022년 『바래지 않는 그림』을 출간한 데 이어, 이번에 세번째 시집 『좁고 가파른 층층대』를 선보였다. 제목을 보고 대번에 시인의 집이 생각났다.

1층은 약국이고, 좁고 가파른 계단을 꽤 올라가면 2층에 집이 있었다. 시인의 책상이 자리 잡은 양지바른 방도 생각났다.

사모님은 밝고 친절하고 선의로 가득 차 있으시다. 연세가 많으시지만 소녀 같은 데가 있어서, 어딘가 소년 같은 부분이 있는 시인과 영원한 소년 소녀로 사는 것 같은 느낌을 받았다. 실향민인 시인에게 아내는 아내이면서 어머니이자 아버지였을 것이다. '아내와 같이 시장에 나가 도토리묵과 달래를 사는' 평화로운 생활이 고향 잃은 시인의 마음을 위로해 주었으리라.

『좁고 가파른 층층대』에서도 어머니와 아버지, 친구, 고향에 대한 그리움이 눈물처럼 번져 있다. 마트에서 꿀병을 보면 무더운 여름 냉수에 꿀을 타 주던 어머니가 생각나고, 추운 겨울에 돌아가신 아버지가 안타까워 시인은 늘 겨울이 싫었다. 어두워야 헤어졌던 고향 친구는 꿈에서도 말이 없다. 숱한 그리움이 시로 승화되었다. 마음의 아픔을 단정한 생활로 치유해 가는 과정도 볼 수 있다. 시인의 고향과 어머니, 아내, 시인이 지금 살고 있는 집과 그 집에 이르는 시장 길목 등이 파스텔로 그려진 그림을 보는 듯 은은하게 다가온다.

시는 아름답지만, 현실은 냉혹하다. 당장 내일 전쟁이 나도 이상할 게 없을 정도로 한반도 상황은 악화일로로 치닫고 있다. 구순이 된 시인은 그래서 마음이 더욱 급하고, 그의 시들은 잔잔하면서도 읽는 이의 가슴을 후벼 파는 것 같은 울림이 있다. 어쩌면 시인은 묻고 있는 것 같다. 전쟁의 진짜 얼굴을 아느냐고, 어머니 없이 70년 이상 산다는 게 어떤 건지 아느냐고, 또한 생사조차 알 수 없는 어린 아들을 전쟁통에 잃어 버리고 내내 통곡했을 젊은 어머니의 심정은 어땠는지 감히 헤아려 볼 수 있겠느냐고 말이다.

좁고
가파른
층층대

ⓒ 백만섭, 2023

초판 1쇄 발행 2023년 8월 31일

지은이	백만섭
펴낸이	이기봉
편집	좋은땅 편집팀
디자인	Aiden Lee
마케팅	㈜벨컴아이앤씨
펴낸곳	도서출판 좋은땅
주소	서울특별시 마포구 양화로12길 26 지월드빌딩 (서교동 395-7)
전화	02)374-8616~7
팩스	02)374-8614
이메일	gworldbook@naver.com
홈페이지	www.g-world.co.kr

ISBN   979-11-388-2230-5 (03810)